Cyfres Rwdlan
2. CERIDWEN

I WRACHOD DOLWERDD

Argraffiad cyntaf: 1983
Seithfed Argraffiad: 2013

⑬ Hawlfraint Angharad Tomos a'r Lolfa Cyf., 1983

Lluniau: Angharad Tomos
Gwaith lliw: Elwyn Ioan

Rhif llyfr rhyngwladol: 086243 066 6

Cyhoeddwyd ac argraffwyd yng Nghymru
gan Y Lolfa Cyf., Talybont, Ceredigion, SY24 5HE
e-bost: ylolfa@ylolfa.com
y we: www@ylolfa.com
ffôn: 01970 832304
ffacs: 01970 832782

Ceridwen

Angharad Tomos

CYFRES
RWDLAN

2

yLolfa

"Rydw i wedi cael hen ddigon arnat ti a'th gastiau," meddai Rala Rwdins wrth Rwdlan, y wrach fach a anfonwyd i'w helpu hi.

"Dim ond un peth sydd i'w wneud – dy anfon di i ben draw'r goedwig at Ceridwen, y wrach ddoeth. Efallai y gwnaiff hi roi dipyn o synnwyr yn dy ben di."

"Dyma ni wedi cyrraedd," meddai Rala Rwdins o'r diwedd, gan adael Rwdlan druan o flaen ogof ddieithr yn y coed. Roedd rhyw sŵn rhyfedd yn dod allan o'r ogof – *rhag... rhags... rhagi rhags.* Gwrandawodd Rwdlan yn astud. Roedd yn debyg i sŵn rhwygo papur a chrensian dannedd. Canodd Rwdlan y gloch a mentrodd i mewn.

Wel dyna i chi olygfa ryfedd oedd yn ei hwynebu! Ogof yn llawn llyfrau o bob lliw, siâp a maint. Llyfrau oedd y bwrdd, llyfrau oedd y gadair, llyfrau oedd y stôf a – gwarchod y gwrachod! – beth a welai o'i blaen ond gwrach yn bwyta llyfrau!

Eisteddai Ceridwen ym mhen draw'r ogof, yn amlwg yn mwynhau pryd blasus. Nid gwrach gyffredin mohoni – O nage'n wir! I frecwast, hoffai lyfr wedi'i dorri'n fân a'i fwydo mewn llefrith cynnes. Gyda'i phaned ganol bore câi lyfr bach, tenau, a phan fyddai bron â llwgu, doedd dim i guro llyfr ffôn trwchus.

"Tyrd i mewn," meddai Ceridwen yn araf a phwyllog pan welodd Rwdlan yn syllu'n syn arni o geg yr ogof. "Mae'n debyg gen i mai ti ydi Rwdlan. Rydw i wedi clywed dy fod ti'n dipyn o lond llaw i Rala Rwdins druan. Rŵan 'ta, Rwdlan, pam wyt ti'n wrach fach mor ddrygionus?"

"Pam rydach chi'n bwyta llyfrau?" gofynnodd Rwdlan. Edrychodd Ceridwen yn hurt arni. Doedd hi ddim wedi arfer â chael gwrachod bach yn ei hateb yn ôl fel hyn. Roedd hi'n amlwg fod llawer o waith dysgu ar hon, felly gorau po gyntaf y byddai'r gwersi'n dechrau!

"Bydded hysbys," meddai
Ceridwen yn bwysig wrth
Rwdlan, "fod angen i ti ddysgu
ar dy gof y rheolau sydd yn
Llyfr Mawr y Gwrachod.
Gwranda di'n astud: dylai
gwrach fach fod yn lân ac yn
dwt bob amser... ni ddylai fyth
ateb yn ôl... rhaid iddi
weithio'n galed... rhaid bod yn
ufudd bob amser... yr unig
ffordd i fod yn ddoeth ydi trwy
wrando ar wrachod hŷn..."

Yn labordy'r ogof, rhoddodd
Ceridwen wers i Rwdlan ar sut
i wneud gwahanol liwiau.
Dysgodd iddi fod glas a melyn
yn gwneud gwyrdd.
Dysgodd iddi fod glas a choch
yn gwneud piws.
O dan y bwrdd, dysgodd Rwdlan
fod gwyrdd a du yn gwneud
llanast!

Yn ôl yn yr awyr iach, dyma
Ceridwen nawr yn dechrau
darllen o lyfr arall mawr,
trwchus. Roedd ei llais yn
undonog... ac yn araf... ac yn
ddiflas. Estynnodd Rwdlan yn
ddistaw am becyn o dda-da
coch o'i phoced, ac ar ôl bwyta
tri ohonyn nhw, roedd hi'n
cysgu'n drwm.

Ymhen hir a hwyr, clywodd
Ceridwen sŵn chwyrnu mawr.
Gwarchod y gwrachod –
doedd dim dysgu ar yr hogan!
Edrychodd Ceridwen ar y cloc
haul a gweld ei bod yn hen bryd
iddi gael cinio. Gwnaeth
frechdan dew o lyfr clawr
papur, a'i lond o fwstard melyn
blasus.

Deffrodd Rwdlan yn sydyn wrth glywed llais cwynfannus yn ei hymyl. Agorodd ei llygaid a dyna lle'r oedd Ceridwen yn eistedd yn ei chadair yn edrych yn welw iawn a'i llaw ar ei stumog.

"O, rydw i'n sâl! Ydw, rydw i'n sâl iawn. Brensiach, rydw i'n sâl ddifrifol, yn ddychrynllyd o sâl!" ochneidiodd Ceridwen.

"Ceridwen druan, gwely ydi'r lle gorau i chi," meddai Rwdlan, gan feddwl mor braf fyddai cael pnawn rhydd i chwarae! Agorodd geg Ceridwen yn fawr, gwasgodd ei thrwyn a thywalltodd lond llwy fwrdd o Ffisig Ffyrnig i lawr ei chorn gwddw.

"Tyrchod o'r gwrychoedd, dyna flas dychrynllyd!" cwynodd Ceridwen. Gorweddai yn ei gwely gan edrych yn ddiflas iawn. Roedd yn gas gan Rwdlan ei gweld yn edrych mor drist, felly dechreuodd wneud campau i godi ei chalon. Syllai Ceridwen arni mewn penbleth.

Safodd Rwdlan ar ei phen.
Rholiodd ar hyd y llawr.
Cerddodd ar ei dwylo mewn
cylch o amgylch y stafell, a'i
thraed i fyny yn yr awyr. Doedd
Ceridwen erioed wedi gweld y
fath beth o'r blaen!

31

Yn sydyn, am y tro cyntaf ers talwm iawn, dechreuodd Ceridwen chwerthin. Nid rhyw chwerthin gwan, distaw, ond chwerthin lond ei bol – chwerthin nes bod to'r ogof yn crynu! Dyna braf oedd cael y wrach fach yn gwmni iddi, meddyliodd, yn lle pentwr o hen lyfrau sych a diflas. Roedd hi'n teimlo'n well yn barod.

Roedd Rwdlan hefyd yn brysur yn meddwl wrth fynd trwy'i champau ar lawr yr ogof. Doedd ryfedd yn y byd fod Ceridwen yn sâl a hithau'n bwyta'r fath sothach! Pa les oedd llyfrau llychlyd i stumog neb? Yr adeg honno y cafodd Rwdlan Y Syniad Ardderchog.

Aeth ar ei hunion i gae ar gwr y goedwig, lle casglodd y tatws mwyaf oedd yno. Mewn gardd gerllaw'r ogof, dewisodd y pys gwyrddaf a'r moron tewaf. Cariodd y cyfan yn ôl i'r ogof a dechreuodd baratoi Y Syniad Ardderchog.

37

Rhoddodd Rwdlan y llysiau i
gyd mewn crochan anferth.
Tywalltodd lond piser o ddŵr
am eu pennau a gadael i'r cyfan
ffrwtian am awr neu ddwy.
"Ffrwtian, ffrwtian, fflamau mawr,
Moron melys mewn crochan cawr,"
canai wrthi'i hun wrth droi'r
gymysgedd â'i llwy bren.

Yn ei gwely, roedd Ceridwen yn dechrau anesmwytho. Roedd pobman mor dawel – yn rhy dawel o lawer – ac roedd rhyw arogl anghyffredin yn dod o'r gegin. Beth oedd Rwdlan yn ei wneud yn awr, tybed? Cododd Ceridwen o'i gwely'n araf a gofalus a cherddodd ar flaenau'i thraed i'r gegin.

"Croeso!" meddai Rwdlan yn llawen. "Dewch i eistedd wrth y bwrdd." Gosododd blatiaid mawr o gawl blasus, a chymylau o fwg yn codi ohono, o flaen Ceridwen.

"Wel, wir, dyma beth rhyfedd," meddai Ceridwen yn amheus, gan godi clamp o foronen fawr allan o'r plât. "Beth yn y byd wna i â hon?"

"Ceisiwch ei bwyta!" meddai Rwdlan yn sionc.

Edrychodd Ceridwen yn fanwl ar y foronen. Cododd hi at ei thrwyn a'i harogleuo. Prociodd hi â'i bys. O'r diwedd, mentrodd ei bwyta. Mentrodd fwyta ychydig o datws hefyd, a rhoddodd rhai o'r pys ar ei fforc. "Bydded hysbys," meddai Ceridwen yn fawreddog, "fod moron a thatws a phys yn dda iawn i wrachod." Roedd fel petai wedi dod o hyd i Rywbeth Pwysig Iawn.

Pan ddaeth yn amser i Rwdlan fynd yn ôl at Rala Rwdins i Ogof Tan Domen, ychydig iawn roedd hi wedi'i ddysgu am sut i fod yn wrach fach dda. Ond roedd Ceridwen wedi dysgu cryn dipyn gan Rwdlan!

Cyfres Rwdlan!

Y gyfres fwyaf llwyddiannus erioed
i blant bach yn Gymraeg!

1. Rala Rwdins
2. Ceridwen
3. Diffodd yr Haul
4. Y Dewin Dwl
5. Y Llipryn Llwyd
6. Mali Meipen
7. Diwrnod Golchi
8. Strempan

9. Yn Ddistaw Bach
10. Jam Poeth
11. Corwynt
12. Penbwl Hapus
13. Cosyn
14. Dan y Dail
15. Barti Ddwl
16. 'Sbector Sbectol

£2.95 yr un

Hefyd ar gael:

Llyfr Stomp
Llyfr Llanast
Llyfr Smonach
Llyfr canu Ffaldi-Rwla-la
Sioe gerdd Nadolig yn Rwla...
Ralalala (Llyfr Canu a Chasét)
Posteri
Calendr
Gêmau bwrdd Lot-o-Rwdlan a Lot-o-Sŵn
Cyfres ddarllen Darllen mewn Dim
Pecyn Athrawon 1 a 2
CD Straeon Darllen mewn Dim

*Am restr gyflawn o'n holl gyhoeddiadau,
anfonwch yn awr am gopi RHAD AC AM DDIM
o'n catalog lliw llawn!*